MW01254312

– Pour le Clément chéri de son papa Edouard.
M.

– À Norah.
L. R.

Éditions Flammarion – 87, quai Panhard-et-Levassor – 75647 Paris Cedex 13
www.editions.flammarion.com
ISBN : 978-2-0812-4985-1 – N° d'édition : L.01EJDN000658.N001
Dépôt légal : août 2011
Imprimé en Espagne par Edelvives – 07/2011
Loi n° 49-956 du 16 juillet 1949 sur les publications destinées à la jeunesse

Magdalena

Laurent Richard

Bali dit non

Père Castor ■ Flammarion

Ce matin, Bali a du mal à se réveiller.
Il ne veut pas sortir du lit,
il ne veut rien faire aujourd'hui.

– Bali, viens t'habiller !
dit Papa en lui tendant ses vêtements.
– Ah non ! répond Bali. Je ne veux pas mettre ce pantalon marron, il n'est pas beau.
Je préfère le gris qui est plus joli.

Au petit déjeuner, Bali continue de râler.
– Bois ton chocolat, il va être froid !
dit Papa.
– Ah non ! Il est trop chaud ce chocolat,
je n'aime pas. Je voulais du lait froid,
dit Bali en poussant sa tasse.

Et patatras !
– Bali, nettoie tes bêtises, ordonne Papa.
– Ah non ! Je ne peux pas. Je vais être en retard et Tamara m'attend chez Nanou, dit Bali.

– Bali, dépêche-toi de mettre tes chaussures,
on y va, gronde Papa.
– Ah non ! Pas tout de suite,
j'ai envie de faire pipi.

– Bali, attache ta ceinture,
on démarre, dit Papa.
– Ah non ! dit Bali.
Je ne veux pas être attaché ici,
je veux changer de côté.

– On est arrivés, dit Papa.
Tu me fais un bisou ?
– Ah non ! Tu piques trop
aujourd'hui, dit Bali.

– C’est toi qui viens me chercher ce soir, Papa ? demande Bali.
– Ah non ! Je ne veux pas venir chercher un enfant qui dit non tout le temps.

– Papa, je n'ai plus envie de dire non,
murmure Bali.
– Et tu vas me dire OUI ?
– OUI, OUI, promis ! dit Bali.
Aujourd'hui, le non c'est fini,
je le garde pour une autre fois.

– Bali, te voilà ! Je t’attendais
crie Tamara toute joyeuse.
Tu viens jouer avec moi ?
– OUI, OUI, OUI, chante Bali.